WORÜBER DAS CHRISTKIND LÄCHELN MUSSTE

Servus

Das große kleine Buch

Karl Heinrich Waggerl

WORÜBER DAS CHRISTKIND LÄCHELN MUSSTE

und andere Weihnachtsgeschichten

Inhalt

Worüber das Christkind lächeln mußte

Als Josef mit Maria von Nazareth her unterwegs war, um in Bethlehem anzugeben, daß er von David abstamme, was die Obrigkeit so gut wie unsereins hätte wissen können, weil es ja längst geschrieben stand, – um jene Zeit also kam der Engel Gabriel heimlich noch einmal vom Himmel herab, um im Stalle nach dem Rechten zu sehen.

Es war ja sogar für
einen Erzengel in seiner Erleuchtung
schwer zu begreifen, warum es nun der
allererbärmlichste Stall sein musste,
in dem der Herr zur Welt kommen sollte,
und seine Wiege nichts weiter
als eine Futterkrippe.

Aber Gabriel wollte wenigstens noch den Winden gebieten, daß sie nicht gar zu grob durch die Ritzen pfiffen, und die Wolken am Himmel sollten nicht gleich wieder in Rührung zerfließen und das Kind mit ihren Tränen überschütten, und was das Licht in der Laterne betraf, so mußte man ihm noch einmal einschärfen, nur bescheiden zu leuchten und nicht etwa zu blenden und zu glänzen wie der Weihnachtsstern.

Der Erzengel stöberte auch alles kleine Getier aus dem Stall, die Ameisen und Spinnen und die Mäuse, es war nicht auszudenken, was geschehen konnte, wenn sich die Mutter Maria vielleicht vorzeitig über eine Maus entsetzte!

Nur Esel und
Ochs durften bleiben, der Esel, weil man ihn später ohnehin für die Flucht nach Ägypten zur Hand haben mußte, und der Ochs, weil er so riesengroß und so faul war, daß ihn alle Heerscharen des Himmels nicht hätten von der Stelle bringen können.

Zuletzt verteilte Gabriel noch eine Schar Engelchen im Stall herum auf den Dachsparren, es waren solche von der kleinen Art, die fast nur aus Kopf und Flügeln bestehen. Sie sollten auch bloß still sitzen und achthaben und sogleich Bescheid geben, wenn dem Kinde in seiner nackten Armut etwas Böses drohte. Noch ein Blick in die Runde, dann erhob der Mächtige seine Schwingen und rauschte davon.

Gut so. Aber nicht ganz gut, denn es saß noch ein Floh auf dem Boden der Krippe in der Streu und schlief. Dieses winzige Scheusal war dem Engel Gabriel entgangen, versteht sich, wann hatte auch ein Erzengel je mit Flöhen zu tun!

Als nun das Wunder geschehen war, und das Kind lag leibhaftig auf dem Stroh, so voller Liebreiz und so rührend arm, da hielten es die Engel unterm Dach nicht mehr aus vor Entzücken, sie umschwirrten die Krippe wie ein Flug Tauben. Etliche fächelten dem Knaben balsamische Düfte zu und die anderen zupften und zogen das Stroh zurecht, damit ihn ja kein Hälmchen drücken oder zwicken möchte.

Bei diesem Geraschel erwachte aber der Floh in der Streu. Es wurde ihm gleich himmelangst, weil er dachte, es sei jemand hinter ihm her, wie gewöhnlich. Er fuhr in der Krippe herum und versuchte alle seine Künste und schließlich, in der äußersten Not, schlüpfte er dem göttlichen Kinde ins Ohr. „Vergib mir!“ flüsterte der atemlose Floh, „aber ich kann nicht anders, sie bringen mich um, wenn sie mich erwischen. Ich verschwinde gleich wieder, göttliche Gnaden, laß mich nur sehen, wie!“

Er äugte also umher
und hatte auch gleich seinen Plan.
„Höre zu“, sagte er, „wenn ich alle Kraft
zusammennehme, und wenn du still hältst,
dann könnte ich vielleicht die Glatze des
heiligen Josef erreichen, und von dort weg
kriege ich das Fensterkreuz und die Tür …“
„Spring nur!“ sagte das Jesuskind
unhörbar, „ich halte stille!“

Und da sprang der Floh. Aber es ließ sich nicht vermeiden, daß er das Kind ein wenig kitzelte, als er sich zurechtrückte und die Beine unter den Bauch zog. In diesem Augenblick rüttelte die Mutter Gottes ihren Gemahl aus dem Schlaf. „Ach, sieh doch!“ sagte Maria selig, „es lächelt schon!“

Der störrische Esel und die süße Distel

Als der heilige Josef im Traum erfuhr, daß er mit seiner Familie vor der Bosheit des Herodes fliehen müsse, in dieser bösen Stunde weckte der Engel auch den Esel im Stall. „Steh auf!“ sagte er von oben herab, „du darfst die Jungfrau Maria mit dem Herrn nach Ägypten tragen“.

Dem Esel gefiel das gar nicht. Er war kein sehr frommer Esel, sondern eher ein wenig störrisch im Gemüt. „Kannst du das nicht selber besorgen?“ fragte er verdrossen. „Du hast doch Flügel, und ich muß alles auf dem Buckel schleppen! Und warum denn gleich nach Ägypten, so himmelweit!“

„Sicher ist sicher!" sagte der Engel, und das war einer von den Sprüchen, die selbst einem Esel einleuchten müssen.

Als er nun aus
dem Stall trottete und zu sehen bekam,
welch eine Fracht der hl. Josef für ihn
zusammengetragen hatte, das Bettzeug
für die Wöchnerin und einen Pack
Windeln für das Kind, das Kistchen
mit dem Gold der Könige und
zwei Säcke mit Weihrauch

und Myrrhe, einen Laib Käse und eine
Stange Rauchfleisch von den Hirten,
den Wasserschlauch, und schließlich
Maria selbst mit dem Knaben,
auch beide wohlgenährt, da fing er
gleich wieder an, vor sich hinzumaulen.
Es verstand ihn ja niemand
außer dem Jesuskind.

„Immer dasselbe“, sagte er, „bei solchen Bettelleuten! Mit nichts sind sie hergekommen, und schon haben sie eine Fuhre für zwei Paar Ochsen beisammen. Ich bin doch kein Heuwagen“, sagte der Esel, und so sah er auch wirklich aus, als ihn Josef am Halfter nahm, es waren kaum noch die Hufe zu sehen.

Der Esel
wölbte den Rücken, um die Last
zurechtzuschieben, und dann
wagte er einen Schritt, vorsichtig,
weil er dachte, daß der Turm
über ihm zusammenbrechen müsse,
sobald er einen Fuß voransetze.
Aber seltsam, plötzlich fühlte er
sich wunderbar leicht auf den Beinen,
als ob er selber getragen würde,
er tänzelte geradezu über Stock
und Stein in der Finsternis.

Nicht lange,
und es ärgerte ihn auch das wieder.
„Will man mir einen Spott antun?“
brummte er. „Bin ich etwa nicht
der einzige Esel in Bethlehem,
der vier Gerstensäcke auf einmal
tragen kann?“

In seinem Zorn stemmte er plötzlich die Beine in den Sand und ging keinen Schritt mehr von der Stelle. „Wenn er mich jetzt auch noch schlägt!" dachte der Esel erbittert, „dann hat er seinen ganzen Kram im Graben liegen!"

Allein,
Josef schlug ihn nicht.
Er griff unter das Bettzeug und
suchte nach den Ohren des Esels,
um ihn dazwischen zu krauen.
„Lauf noch ein wenig“, sagte der heilige
Josef sanft, „wir rasten bald!“
Daraufhin seufzte der Esel und setzte
sich wieder in Trab. „So einer ist nun
ein großer Heiliger“, dachte er,
„und weiß nicht einmal, wie man
einen Esel antreibt!“

Mittlerweile war es war es Tag geworden und die Sonne brannte heiß. Josef fand ein Gesträuch, das dürr und dornig in der Wüste stand, in seinem dürftigen Schatten wollte er Maria ruhen lassen. Er lud ab und schlug Feuer, um eine Suppe zu kochen, der Esel sah es voll Mißtrauen. Er wartete auf sein eigenes Futter, aber nur, damit er es verschmähen konnte. „Eher fresse ich meinen Schwanz“, murmelte er, „als euer staubiges Heu!“ Es gab jedoch gar kein Heu, nicht einmal ein Maul voll Stroh, der heilige Josef in seiner Sorge um Weib und Kind hatte es rein vergessen.

Sofort fiel den Esel ein unbändiger Hunger an. Er ließ seine Eingeweide so laut knurren, daß Josef entsetzt um sich blickte, weil er meinte, ein Löwe säße im Busch.

Inzwischen war auch die Suppe gar geworden und alle aßen davon, Maria aß und Josef löffelte den Rest hinterher und auch das Kind trank an der Brust seiner Mutter, und nur der Esel stand da und hatte kein einziges Hälmchen zu kauen. Es wuchs da überhaupt nichts, nur etliche Disteln im Geröll.

„Gnädiger Herr!“,
sagte der Esel erbost und richtete
eine lange Rede an das Jesuskind,
eine Eselsrede zwar, aber ausgekocht
scharfsinnig und ungemein deutlich
in allem, worüber die leidende
Kreatur vor Gott zu klagen hat.
„I-A!“ schrie er am Schluß,
das heißt: „so wahr ich ein Esel bin!“

Das Kind hörte alles aufmerksam an. Als der Esel fertig war, beugte es sich herab und brach einen Distelstengel, den bot es ihm an.

„Gut!“ sagte der Esel, bis ins Innerste beleidigt. „So fresse ich eben eine Distel! Aber in deiner Weisheit wirst du voraussehen, was dann geschieht. Die Stacheln werden mir den Bauch zerstechen, so daß ich sterben muß, und dann seht zu, wie ihr nach Ägypten kommt!“ Wütend biß er in das harte Kraut, und sogleich blieb ihm das Maul offen stehen. Denn die Distel schmeckte durchaus nicht, wie er es erwartet hatte, sondern nach süßestem Honigklee, nach würzigstem Gemüse.

Niemand kann
sich etwas derart Köstliches vorstellen,
er wäre denn ein Esel. Für diesmal vergaß
der Graue seinen ganzen Groll.
Er legte seine langen Ohren andächtig
über sich zusammen, was bei einem Esel
so viel bedeutet, wie wenn unsereins
die Hände faltet.

Der Tanz des Räubers Horrificus

Gegen Abend nach der ersten Rast wollte Josef mit den Seinen wieder weiterziehen. Er nahm aber den Esel und ritt voraus hinter einen Hügel, um den Weg zu erkunden. „Es kann doch nicht mehr weit sein bis Ägypten“, dachte er.

Indessen blieb
die Muttergottes mit dem Kinde
auf dem Schoß allein unter der Staude
sitzen, und da geschah es, daß ein gewisser
Horrificus des Weges kam, weithin
bekannt als der furchtbarste Räuber
in der ganzen Wüste.

Das Gras legte sich flach vor ihm auf den Boden, die Palmen zitterten und warfen ihm gleich ihre Datteln in den Hut und noch der stärkste Löwe zog den Schweif ein, wenn er die roten Hosen des Räubers von weitem sah.

Sieben Dolche steckten in seinem Gürtel, jeder so scharf, daß er den Wind damit zerschneiden konnte, an seiner Linken baumelte ein Säbel, genannt der krumme Tod, und auf der Schulter trug er eine Keule, die war mit Skorpionsschwänzen gespickt.

„Ha!" schrie
der Räuber und riß das Schwert
aus der Scheide.
„Guten Abend", sagte die Mutter Maria.
„Sei nicht so laut, er schläft!"
Dem Fürchterlichen verschlug
es den Atem bei dieser Anrede,
er holte aus und köpfte eine Distel
mit dem krummen Tod.

„Ich bin der Räuber Horrificus", lispelte er, „ich habe tausend Menschen umgebracht ..."
„Gott verzeihe dir!" sagte Maria.
„Laß mich ausreden",
flüsterte der Räuber, – „und kleine Kinder wie deines brate ich am Spieß!"
„Schlimm", sagte Maria. „Aber noch schlimmer, daß du lügst!"

Hiebei kicherte etwas im Gebüsch und der Räuber sprang in die Luft vor Entsetzen, noch nie hatte jemand in seiner Nähe zu lachen gewagt. Es kicherten aber nur die kleinen Engel, im ersten Schreck waren sie alle davongestoben und nun saßen sie wieder in den Zweigen. „Fürchtet ihr mich etwa nicht?" fragte der Räuber kleinlaut.
„Ach, Bruder Horrificus", sagte Maria, „was bist du für ein lustiger Mann!"

Das drang dem Räuber lind ins Herz, denn, die Wahrheit zu sagen, dieses Herz war weich wie Wachs. Als er noch in den Windeln lag, kamen schon die Leute gelaufen und entsetzten sich, „wehe uns“, sagten sie, „sieht er nicht wie ein Räuber aus?“ Später kam niemand mehr, sondern jedermann lief davon und warf alles hinter sich, und Horrificus lebte gar nicht schlecht dabei, obwohl er kein Blut sehen und kaum ein Huhn am Spieß braten konnte.

Darum tat es nun dem Fürchterlichen in der Seele wohl, daß er endlich jemand gefunden hatte, der ihn nicht fürchtete. „Ich möchte deinem Knaben etwas schenken“, sagte der Räuber, „nur habe ich leider nichts als lauter gestohlenes Zeug in der Tasche. Aber wenn es dir gefällt, dann will ich vor ihm tanzen!“

Und es tanzte der Räuber Horrificus vor dem Kinde und kein lebendes Wesen hatte je dergleichen gesehen. Den krummen Tod hob er über sich gleich der silbernen Sichel des Mondes, die Beine schwang er unterhalb mit der Anmut einer Antilope und so geschwind, daß man sie nicht mehr zählen konnte. Er schleuderte alle sieben Dolche in die Luft und sprang durch den zerschnittenen Wind, gleich einer Feuerzunge wirbelte er wieder herab.

So gewaltig und
kunstvoll tanzte der Räuber,
so überaus prächtig war er anzusehen
mit seinen Ohrringen und dem gestickten
Gürtel und den Federn auf dem Hut,
daß sogar die Jungfrau Maria ein wenig
Glanz in die Augen bekam.

Auch die Tiere
der Wüste schlichen herbei,
die königliche Uräusschlange und die
Springmaus und der Schakal, alle stellten
sich im Kreise auf und klopften mit
ihren Schwänzen den Takt in den Sand.

Schließlich sank der Räuber erschöpft zu Füßen Marias nieder und da schlief er auch gleich ein. Josef war längst weitergezogen, als Horrificus endlich wieder aufwachte und benommen seines Weges ging. Alsbald merkte er auch, daß ihn niemand mehr fürchtete. „Er hat ja ein weiches Herz“, erzählte die Springmaus überall. „Vor dem Kinde hat er getanzt“, zischte die Schlange.

Horrificus blieb
in der Wüste, er legte seinen
fürchterlichen Namen ab und wurde
ein mächtiger Heiliger im Alter,
es soll verschwiegen bleiben,
wie er im Kalender heißt.

Wenn aber einer
von euch etwas zu verbergen hätte
und nur sein Herz wäre weich geblieben,
so mag er getrost sein. Gott wird ihm
dereinst verzeihen um des Kindes willen,
wie dem großen Räuber Horrificus.

Die Servus-Familie

Servus ist regional verwurzelt und steht für Werte wie Natürlichkeit, Brauchtum, unvergängliche Schönheit, Lebensfreude, Genuss und das fast vergessene Wissen, in dem unendlich viel Modernität steckt.

ServusTV liefert Kultur, Heimat, Natur, Unterhaltung, Sport und Informationen stets in höchster Qualität – einfach bessere Unterhaltung.

Das **Magazin Servus in Stadt & Land** widmet sich Monat für Monat allen Themen, die das Leben im jahreszeitlichen Rhythmus einfach und schön machen.

Der **Servus Buchverlag** macht in traditioneller Buchmacherkunst die Heimat erlebbar.

Der **Online-Shop Servus am Marktplatz** bietet liebevoll hergestellte regionale Handwerksprodukte.

Die Servus-Familie: Heimat für alle Sinne!

Über den Autor

Karl Heinrich Waggerl, 1897 in Bad Gastein geboren, wuchs in ärmlichen Verhältnissen auf. Nach seiner Lehrerausbildung meldete er sich während des Ersten Weltkriegs als Freiwilliger. Mit seinem Roman „Brot" gelang ihm 1930 der literarische Durchbruch. Waggerl war 1940 Bürgermeister von Wagrain. Er lebte von 1920 bis zu seinem Tod 1973 in Wagrain und in der Stadt Salzburg.

Über die Illustratorin

Christiane Ruth Franke, Jahrgang 1971, hat in Leipzig Kunstpädagogik studiert. Seit 2007 lebt und arbeitet sie als freie Illustratorin in der Nähe von Graz.

MIX
Papier aus verantwortungsvollen Quellen
FSC® C022357
www.fsc.org

PRINTED IN AUSTRIA

 Titelsatz aus einer Kalligrafie von Karl Starzer, Satz aus der Hoefler Text und The Sans. · Medieninhaber, Verleger und Herausgeber: Red Bull Media House GmbH · Oberst-Lepperdinger-Straße 11–15 · 5071 Wals bei Salzburg, Österreich · Gestaltung und Satz: grafic-de'sign. pürstinger, Alex Stieg · Illustrationen: Cover und Innenteil: Christiane Ruth Franke

Printed by Samson Druck GmbH in Austria
ISBN 978-3-7104-0350-7